黑夜蜂蜜

劉曉頤

時報出版

本書獻給親愛天父

若不是祂，我難成篇章。

因爲祂，縱在身心衰竭時，也有平安與愛。

推薦序　複寫與複聲——讀《黑夜蜂蜜》

郭哲佑（詩人）

作爲一位創作者，或者說，一位詩人，我和劉曉頤幾乎是兩個相反的個體。相較於我的簡練傾向，劉曉頤的詩大膽、絢爛，延伸許多濃烈的個人想像，重視感受與感官，並超越當下的現實。從《來我裙子裡點菸》、《靈魂藍》到這本《黑夜蜂蜜》，她的詩句愈趨繁複與神祕，在「詩藝復興」的當代臺灣詩壇裡，劉曉頤象徵主義的詩風可謂獨樹一幟，也是不可或缺的一個聲音。

靈動的詞語想像，是營造詩意的第一個關鍵，曉頤在這方面是天生能手；她有著和當代詩人不同的詞彙庫，又富有獨特的韻律感，最好的詩句往往能在數行之間用華麗的詞語和句勢炫人耳目，但緩下來深思之後，又會發現其中綿密的理路轉折。比如「沉默是滴淚面前最盛大的奢華／不惜澈夜浸泡一個字，用櫻桃木火爐烘乾／火的衣飾是褐絲綢的溫暖呼吸／但我感覺回音寂涼／——思想的瀑布格放時最美」（〈我的感官漸漸西沉〉），以沉默對淚之所以帶來奢華，是因爲可以沉澱、釐清那些被淚水霧化的事物；但待慢慢篩出、烘乾那些眞正傳遞的字詞之後，伴隨而來的卻是美而寂涼的回音，因爲個體已被一字一字地「格放」拆解了。又如「獲釋的雪／下在我／摺疊百次的初夜上」（〈愛若斯劇場〉），「愛若斯」即「Eros」，是希臘神話中的愛慾之神，這三行作爲全詩的最後一段，除了總結了全詩「等待下雪」的情境之外，「初夜」之紅扣回了詩中參差出現的黎明與日出，以致「獲釋的雪」一句也有了情欲的雙關，含蓄而顏色分明，是對「性」非常高明、不落俗套的描寫。

可以發現，曉頤擅長以虛寫實，現實的事物在她筆下都轉化爲個人特質極強的象徵物，閱讀詩集彷彿進入一個被小心投影的內在世界——那是一個華麗但過時，衰敗且哀豔的樂園。因此，《黑夜蜂蜜》並不是一本易讀的詩集。書名中的「黑夜」與「蜂蜜」，靈感據稱是源自尚・考克多（Jean Cocteau）形容馬塞爾・普魯斯特（Marcel Proust）的作品，謂其循著「黑夜」與「蜂蜜」兩種聲音，從無盡的黑夜之中注入蜿蜒的金色蜂蜜。在曉頤的作品裡，「黑夜」與「蜂蜜」其實也是相伴地出現，過往的「裙中之菸」或「愛與廢墟」，都隱然有著毀滅中綻放的意味，這本《黑夜蜂蜜》亦是如此，只是在主題上更發揮從拉鋸擰出詩意的手段，也更加地內省。在輯一〈我體內有蜂蜜色遠方〉裡，許多詩作便是以內在跋涉的精神寫作，如〈遠方的你〉透過閉眼來追溯「我」與「你」之間的相生辯證，末句「所有能存在的我，都變成了遠方的你」既可解讀爲離別的漫長，又何嘗不是一種對過往自我的悼念？而〈夢中旅舍〉用一個魔幻情節點出人生如寄的事實，最後的「我們必須別過剩餘的山水／甚至剩餘的明天」同樣也是透過自省外擴到世界。類似情境我認爲最動人者，還在〈我只是想……〉中的末段：「我只是想向棉花借一絡紡紗／向風索討一小綹被它吹散過的菸草雲／片片縷縷綴起來，就是天堂的長絲巾／你守護的內流河，你的靜脈」，此處「棉花」對應前段詩中所言的骨血斑爛之傷，「菸」則是用以熨平內心的洶湧，這些自我療傷之物看似綿軟無力，卻彷彿可以串連成一條「天堂的長絲巾」，讓「你」這個虛化人物得以涉入，也讓看似無謂的傷痕，成爲一脈被守護的暗流，甚至是成爲「你」的一部分。

讓「我」成爲「你」，這種越界使「翻譯」成爲這本詩集的另一個關鍵字。詩集裡有許多與翻譯有關的詩作，如〈天使翻譯〉、〈夢想翻譯〉、〈肉體翻譯〉等等，在曉頤的詩作中，「翻譯」像是連通兩個世界的橋樑，但永遠都存有無法窮盡之處，當中的空隙就是必須用自己的語言介入詮釋的部分。其中，〈錯譯的時間〉是我認爲相當具巧思的一首。這首詩首段以「時間在壁爐裡睡著了」來敘寫時間的流逝，而我們只能以「錯譯」來不斷徒勞地尋找替代物，但後來一切卻反客爲主，我們「深深愛上錯譯的時間」，這些「錯」，最終創造了全新的一日。

這或可以代表曉頤在內省之後的出走，「黑夜」與「蜂蜜」不只是對立、頡頏，也是涉入、跨越、最後更是開放與交融，成就一種疊加的，帶有抑鬱氛圍，卻並不全然傾向毀滅的時刻。在詩集中的第三輯中，便可以看到這樣的過程，比如「愈貧困愛得愈深切」（〈我愛邊緣的事物〉）、「新年將至，今年我們失敗得很美」（〈我們都沒有走〉）、「一起牽著廢墟去散步」（〈療癒考古學〉）等等，甚至是最後一首〈我只有一種無計可施的美好〉：

春樹製成的木斧
只能用來破開新詞的香氣——你卻老了
這些年我織著一件長版羊毛罩衫
反覆拆卸；即使手操最利的刀刃，只是惘惘地
剪去毛球，寶藍的，像黃昏下
幢幢的行旅

在未來，老無所依的美中
稱之爲低語藍

一種「最無能也最美好」，一種蒼老、黯然而濃鬱的色彩，或許正是《黑夜蜂蜜》最終所欲呈現的樣貌。菲利浦・拉金（Philip Larkin）曾形容，詩人如同傳說中的畫眉鳥，若將尖刺刺入胸口，插得越深，歌聲就越婉轉動人。曉頤的詩自然不完全是根植於鮮血與哀音，但是將黑夜和蜂蜜並置，透過內在與外在的共振，化為奇詭燦爛的末世低語，黑夜過後便是黎明，而蜂蜜背後，亦未嘗不是蜂針。

推薦語

曉頤的詩有一種取之不盡用之不竭的豐饒，任她盡情揮霍。千金散盡還復來，而她以性命做注，求一場豪賭，石沉大海，守株待兔，都好，都無所謂。這氣魄，確實少有人能及。她用一切去換——詩無疑是黑夜中的蜜，甜美，芳馥，色若純金——飲之，不知道爲什麼，每每使人渾身戰慄。

——栩栩（詩人）

這次曉頤攜帶她的詩歌回返，是在夜裡雨裡雪裡，甚至神的灰燼裡，反覆顯現著迷墜落的姿態；其神性隱藏在血液中，作品則凸顯更多的人性，是不忍戰火與疾疫下的孱弱靈魂。詩人將那不盡如意的現實，包裹在懷舊情調之中，巧妙地換以深刻的哲思及音韻密碼。

她的文字彷彿是從花朵細緻的皺褶裡，散發出的迷人香氣。詩人爲我們揭示：那些破損的將不再可惜，不再無端流逝於虛空。無論是壞掉的時鐘、彗星拖曳的線條或遲延的夢，詩人都會爲我們抓住，留下那獨特的純粹的美。

我願隨著曉頤的詩歌，撬開胡桃殼，置入任何暖慰之物。在時光裡考古，眷戀這不夠完美的世界。

——陳威宏（詩人）

《黑夜蜂蜜》是一場修辭術的盛宴，跳舞的杯盤，隱身術的桌巾……從容的精準與蓄意的失控，在詩人和詞語間進行著持久的遊戲。

——楊智傑（詩人）

輯一　我體內有蜂蜜色遠方

願妳平安晴朗

——給將上中學的安晴

願妳此生眼與心剔亮，睫毛尖端
有天窗撒下的銀箔
牛奶與雪花冰使妳成長得白潤美麗健康

且看清陰影包覆的是
新綻的梔子——

願妳中學的書包不要過重
裡面裝著風的小品文，跳舞的字母
五盎司星光

——明白自己擁有的是何等矜貴之物

抬頭挺胸，並不吝於分享

戀愛時還要常唱歌，看畫
不押注全部的自己，去學習愛的藝術
和他共聽五隻飛鳥揚起的音符

願妳一路平安晴朗
像妳的名字

無論祈願什麼，都不急不慌
——妳背後有大片看不見的金色千羽鶴
爲妳把天空剪裁成鳥羽的形狀
不急。妳將飛翔

更多時候妳走著時間的階梯
倦了就去看海

海的彌撒轉動燭光，昏沉中明亮。而我
爲妳披戴羊白霧的圍巾
我們一起，與妳熱愛的世界相偎

自由副刊 2022.6.9

遠方的你

只要朝天空仰臉，眼睛閉得夠緊
我能回到抒情的史前

把兩三灑黃昏雨擱在
菊石的螺紋裡
能占卜，記事：將在哪一個世紀遇到你

搭乘時光的火車駛往你
一次又一次，我已學會順利找到月臺
不因遲到而錯過班車
且學會在顛簸中
把安眠曲唱得更催折動聽

途經黑隧道時花火一瞬
聞到另一個時代的特殊氣味：
多麼線香，多麼紫色，多麼夕暮多安謐

爲了把這抹紫色走私給你
藏在睫毛下，我讓一滴紫羅蘭花精嗆痛眼睛
未曾發現自己已細如線香
如瀏海的縫隙

爲了給予得夠多
我專心喂哺兩千個春天——

也許正因如此，我錯過了你兩千次
萊雅琴把落日撥到兩千年之後
等到我驚覺而跳車
恍惚中閃過一幅沙質的畫面：

你笑我是光的啞巴
我說你是最明亮的黑菱紋毛衫
彌撒，銀柳，茨維塔耶娃的山
——你從史前就被望穿
所有能存在的我，都變成了遠方的你

註：茨維塔耶娃自陳愛山而厭海。山代表友愛。

夢中旅舍

別過半生，愛過的路標終於鮮明
長街短巷錯落成十四行詩
接駁站是換行的喘息還是小俳句？
一節節車廂是翻譯過的組詩
而史詩呢，你呢

我在溽暑的黃昏趕路
神智昏沉，汗溴就在文本的間隙之間
閃熠來自港灣的水晶鹽
30度45度折射詩的刀光若隱若現
而我已然無法分辨
那些指向夢中旅舍的意象：

是你還是被白皙韻腳
弄亂的白床單
隱祕的摩蹭在關燈那刻如靈光簇閃——

天色一暗，座標飄落小葉橘果
夜鶯一唱，眾神與百鳥會翩然降臨
我已不再畏怯於黃昏
方能在虛弱時被夢中旅舍承接
而廳堂老鋼琴如置海上般陷溺

我在陷溺那刻擰緊你背肌——
扯動山巒黑綿線，宛轉又宛轉，斑駁又斑駁
我已學會在迷路時寫詩
忍住半生，才在不小心途經的時候
驚鴻於雨水淅瀝中的肖像畫

是我爲你學會了迷路，從此能看見
座標靜定。我已隨時能從房間裡
矮雪櫃百頁木門的蛀洞
拎起春天，與你那年埋下的種子眼淚對望
一切我到現在才知道：

我們必須別過剩餘的山水
甚至剩餘的明天。

鹽分地帶文學89期

水的耳語

鮮果般的日子帶來新鮮的注視
橙汁的陽光斜射，籠罩我鍾愛的舊餐桌
一襲淡金色的薄桌巾忽隱忽掀
實用性包含：能用來以淚拭淚——桌巾有雙
閃爍泛淚的眼睛

你安靜擦拭自己打翻的生活
卻不知該是哀零，還是喜悅
是重新好好生活的自我允諾
還是打翻了水杯，終於做壞最後一件事

家具和擺飾都是野生的靜物
飽含感情的生命體，但不用久久凝視

只需要有水氣的一瞥
就能以靈暈回望你——
你重新倒水，調蜂蜜，水杯透出你纖長的手指
玉山上的雪，就這麼潔潤地融在你的指縫間

小小的、溢出邊界的儀式
金色千羽鶴飛出去

雙眼惺忪我聽到耳語：水
晨雨的織巢，孩子般尖新的顫音，日子彩沫
我愛此刻如液態水晶叮噹碰撞的空氣
每天總有許多小小的儀式
韻律節奏，使我們婷婷被放回世界

醒來，一起聆聽水的耳語。
睡前才被夜晚勾起的懷舊感

順勢埋入白晝的臂彎
睡眠延長，夢裡的注視延長，月光絲襪延長

你的眼淚延長——白鷺的航線延長
你驚奇於白色翅膀敞開、
拍動的樣子，頓時發現，就像自己的生活

鏡週刊 2020.10.11

簌簌，我們都要醒來

簌簌，妳的名字是枯葉搖落的聲音
季節下沉的聲音。

妳雪膚中提煉的鳥語
啁啾著清晨已至
不要害怕。我牽著妳的手
把妳牽出夢中牽往天空的廢墟之下——
那洞裂了一角的天空
許是過低

像我一再向現實低頭
但擁有折光——
充滿梔子香與寓言的一大片玻璃

妳知道世事總不盡如意
總是落索於醒來
可是，簌簌妳看，這裡殘留一小座星光塚
明亮的殘燼與衣裳摩擦，窸窣形聲
妳的名字，簌簌。

簌簌，我們都要從甜夢中醒來
被光割破裸裎的部位
妥協於各種破碎但不交出自己的傷痕
被傷口照亮——
漸漸妳會懂得柔聲呼喚陰影

妳將喚它：
親愛的——

屆時妳依然寧可與我一起，歘歘
我們躲在夢中屏風後
變成薄脆的淺藍色影子
或被雪花封存在十一月的小永恆裡
因大片白色而失明

長圍巾裹住兩人的脖頸
穿透彼此的睡
床罩上繡著的白玫瑰
大朵大朵啪嗒地落地——不要害怕清晨的街道
歘歘，妳只消踩著落瓣與枯葉
踩著好聽的酥脆聲

只要相信我們的醒，至多
至多是，一起誤踩最美的地雷
紋風不動地等待救援

屆時，我們都停下來了，簌簌。

鏡好聽 2022.12.12

緩緩——給我尚未死去的部分

緩緩，每當我又想
找尋一座白色樓梯
臥下死去——

你會來，牽我到彩虹升起的甜墓園
告訴我，水氣遇到陽光之前
世界只是一口呵氣，像我嗜抽的薄荷菸
煙圈漫渙深情款款的厭倦
轉瞬即散

但這裡依然很美
數十隻金色蝴蝶起飛
化身成千上萬紛落的金合歡葉片

鋸開樹木的肋骨
是你的香氣

你會來你會蹲下來
破開松香綠的胸膛，摁住我的頭一如
按入永恆。那窟窿彷彿無盡
緩緩，告訴我
許是夜深

而我從微側的視角看見
整具肉體般崇高的世界
都是蹲伏的姿態
只是昂然向上，吐出美麗的白煙圈
在黑夜的襯底之下
被自己迷惑

緩緩，顏色從我的衣裙紛落
容我再抽一支薄荷菸
離開墓園之前，把菸蒂託給你，如託孤一般
在我入睡之後，請帶著回到這裡
葬在星光塚之下

站好了，我從身軀外面
吻自己的死

聯副 2022.1.28

春樹充滿的瞬間

一張牛皮卷可以書罄
整片正在曳動的草原
每棵樹都在 Salsa。落葉的縫隙碎光
扎著連心的手指
再碎一次

此時霧濛濛天色像一隻貓
而春天的速度與氣味
指向一個核心：綠
雨天靈魂發芽的綠，夢中黑底上滾動的
檸檬斑磕綠

綠色韻腳荒蕪了

絆跌，摔出被春樹充滿的瞬間——
晶瑩的氧氣在你脖頸間繞一圈使你
鎖骨燦爛而脆弱，我們都
碎了又碎

我們的春樹容許朝向綠色
死了又死，漸生翠鳥美麗的血液
你用弱小的茴香枝
寫風的梵文——蘸幾滴陽春水
點在時間的羽毛上，收捲如
鳥的斂翼

我們悄悄翻摺的
不是春天的襯裡
是瞬間——

聯合報 2023.9.25

我的感官漸漸西沉

滴淚形的房間，我愛。
抱膝而坐的躬曲感和羞澀自閉
我愛。裹著時間的羊毛毯
暖米色，吸飽房間的水氣卻乾爽綿柔

彷彿潮溼本身就是一種愛
憂鬱是，腐朽也是。
牆斑是淺藍的，20歲巷口的淺藍色洗衣店
殘留下來的。我挽著滿竹籃的衣物進去
雲絮長裙再次漿洗成雪白乳草
可以靜止了。

時序暫時停滯

秋分停於秋分

初燃的新月在我皮膚上刺青
使時間痲醉——季節與季節間的吊襪帶
是我用楚楚可憐的蛛絲
搓出來的。幽微時分，我連蛛網都愛

沉默是滴淚面前最盛大的奢華
不惜澈夜浸泡一個字，用櫻桃木火爐烘乾
火的衣飾是褐絲綢的溫暖呼吸
但我感覺回音寂涼
——思想的瀑布格放時最美

我的感官漸漸西沉
雖然睡眠矇矓總是撐不到夜深
我的天使是柔弱的

因爲我疲憊安靜。毛毯上的孔隙
在藍火柴的芯蕊下發光

虛飄飄尋覓著形闊和音帶的孩子們
都在燭照下婉好地被分娩
我疲憊，被時間所愛
感官熹微，肉體奢華

聯副 2020.9.15

我只是想……

我只是想向水鏡借一抹縐褶
擱在最美的玻璃呵動
鞦韆雨的弧度
擺著蕩著，你沉思時所形成的情感最美

你思想的漣漪泛著時間的微芒
時間的帷幔搖曳——最黯淡的那顆星星
沿著絲綢的影子流線
滑落在玲瓏漂亮的蛛網上

伸手拾掇，穿入的是虛空嗎
手背都是可憐的香灰
而香灰總是多情，一如夢的形象密度總是

濃稠於那年的鞦韆幅度
黃昏與玫瑰。

我只是想向時間掩映的紗簾
借一抹縐褶，一只蛛網，一條軟流蘇
但飛鳥之手先垂墜了——
我猜唯有蒼白無爭，用罄體力後的輕
方能咬合優美無痕的承接
因此我只是默立

但整座玻璃花房朝我坍方——
我只是向回憶
借一朵梔子，一杓水……

你看我傷得透澈，但骨血斑斕
當我回憶，撫摸你一千年前寫就的詩行

捨不得枝節，捨不得鳥
行距間的每一隻紋白蝶我都不捨
你看花影綽約

映在我心中那片最美
最美的玻璃上

我只是想向棉花借一絡紡紗
向風索討一小綹被它吹散過的菸草雲
片片縷縷綴起來，就是天堂的長絲巾
你守護的內流河，你的靜脈

中時人間副刊 2021.7.6

弱者之光

終於我看見妳皮膚底層的爛漫
不夠廣袤但足以棲居：
浣熊，松果，金針花田

前額抵著黑玻璃，憂鬱的眼神割傷夜空
安琪，有人看見妳殘破捲邊的翅膀裡
藍潑潑化水孕育
半個天空

拎起妳的鞋，和妳的淚
妳腿脛痠痛但堅持徒步，朝內在跋涉
信心還抵達不了的那半個內面天空——
倒映海洋，使妳蒼灰小臉乾淨如洗

氤氳乍現靈魂的波紋

地平線向上呼出柑苔香
隨妳禱詞吹拂不定的方向變幻形狀
聽。妳向內旋扭的畸型腳踝
關節喀滋——妳依然出奇安靜

燼火捲邊的翅膀，從邊緣
裂開一道極纖細的靜電藍
愈憂愁妳愈燦烈

安琪，妳皮膚底層透出的爛漫
只能摩擦最小的火花
因此我愛妳愛得像一根微鏽的針
挑著膿血卻感覺寧馨

我已深深愛妳的軟弱。破曉
滿室鏽黃的光屑，如向日葵把自己的希望全給我
美得勝過太陽

中時人間副刊 2020.9.24

天使翻譯

1

當我朝你堅實的肩膀
撒一把清亮的火、
少許花灑，迴旋狀時間紛落的雨

落水的天使也正蹣跚爬起
笨拙地砌柴升煙
烘乾自己金黃色的頭髮和翅膀

滿臉煤灰，翅膀半溼
像一個無助的孩子
用麥草味的方言說：沉默。

他不知道自己帶點狼狽的樣子
美得多麼永恆。

2

他來，自己都忘了原因
或許只因膚色蒼白的裸足少女
愛上不存在的火焰
只消輕輕轉身，就遺棄了自己

他來爲了她誤以爲
自己握緊的鏽針是天使頭髮
手心滲著膿血而不自覺

整個人在一陣老杏仁的
白色霉味裡蒸發。她最後的意識是白色的
天使白。

留下襯裙上的小廢墟——
由時間的金線在黑空氣間穿引而成
灑著花苗的斗蓬
看似悲劇的道具但美得多含蓄

3

我用所有美的執念
握住天使尖刀——
或許我犯的是與死去少女類同的錯誤

月亮泯開水質的微笑——
我聽見筆直雨水的聲音，一寸寸涼下去
灰的餘生。

我朝你的肩膀點清亮的火

因爲知道火燒不著你
樸拙的是天使，利索的是你而那無堅
不摧的也是——

因我從事翻譯天使的專業：
天使長是碧空的長衫
循規蹈矩的服差天使是語言的本質
愛神天使是古老的鍵盤
灑著幾滴隱形天使的淚

打兩個字漏一個字
三字成篇，篇篇章章都不是你
倒過來看又全都是你
就連錯漏字也是

你是每一縷荒漠的雨

滲入比孩子的眼睛更深的石灰
灰也會活，石頭會開花

4

有時天使也會翻譯成
多情的牧神。駐守在我靈魂南方的薄荷園
用杖領羊，一起風就歌唱

我一想念你，牧神與山羊都
被風吹入形而上的河流
是天國的河流嗎
帶著清新美好的薄荷味。從我靈魂南方到天國

竟也使他們渾身溼透。
——其中最質樸的那一個
在途中，翅膀碎得極美

碎片兜攏。升火。烘乾。
善良地扯扯我袖口
要我別再翻譯，唯恐我藉其再創作，以窄口
承當原語境的逐漸壯大
還要經歷羊水破開的痛楚

Dear You，無論你是不是
他們其中的一個
烘乾翅膀的樣子，看起來多麼永恆

註：班雅明論翻譯的使命是「密切注視原作者語言的成熟過程，並承受自身語言降生的疼痛」。

創世紀 209 期

夢想翻譯

淋著18世紀的雨，你走向我
於我已是靈魂的黃昏
整天下來，卷雲帶著纏絲瑪瑙的質感
我像玫瑰鐲子般戴在腕上

凝視至深，又回到
透明的曙光

我已經把夢想翻譯成過去
回歸無所不在，大地的臉頰暖撲撲的
像我爲你用體溫預熱過的被窩
拋一滴淚，我們就又像孩子了
剛烤好的山丘

飄送屈奇餅的甜味

我已經把過去翻譯成夢想
我們曾經捧著彼此臉頰的花棲陰影之地
是靈魂的文本，拎起絮語的面紗
用指尖上的一抹微笑
你整個人美得像古籍的硃砂注疏

請你描紅在我額心
我自會翻譯成神聖不容置疑的儀式
甚至我能從你尚未長出的翅膀
搧翕之間，悠悠地拉出一片
純潔完璧的天空

曙光，凝視至深
又回到黃昏

小狗般的白色黃昏，曾伏在
我的肩頭上睡著，安詳渾然不覺
我們併立過的樹蔭與落葉
正在癱陷——墜落也是一種優揚的外國語
三個天使走過般悅耳

雪橇般的光暈語言
包括甜美如嬰兒的果樹
家屋與它的夢

鏡文化 2021.3.22

愛若斯劇場

照亮的愛若斯——
夜晚與美的雪橇

停棲於茨維塔耶娃的書桌
鵝毛筆起落之間

她窮，但絕不用蒙灰的手寫作
泛黃筆記本的每條隔線
都升騰一個方生方死的迷你小劇場

劇場：割開的場景
被注視所照亮——心靈與幻燈片同時觀看
在紅色黎明到來以前

使空氣結晶

而那曾在黎明腳尖上顫抖的
風與蜂群的影子，使地平線輕微地搖晃
又捲走一整年裡燃燒過的葉片
悲傷也捲走了嗎

日出的溼水晶緩慢崩塌
而我只要洗完臉，內心就會瀲灩如孩子

只有勻整的知面，美好的倦意
即或痛感，沒有一個刺點足使我
橫向伸展的沙沙棕櫚扇葉
終止暖暖地委地

我用雙手圈住自己的微劇場和燭臺

用歌聲圍住
煙霧瀰漫的旋轉木梯間

好讓你尋遍自己
每一寸童貞

向羅蘭巴特借來身體的幻影威力
還能聽見手風琴褶襉間
噼啪炭響的風景。那屬於紅色氣味的悲傷
複合的、深深的瞬間

我的心已經瀲灩如孩子
充滿雪橇。木槳。滑翔。

獲釋的雪
下在我

摺疊百次的初夜上

註：愛若斯，Eros，愛慾。

幼獅文藝 2021 年 11 月號

秋宵劇院

秋宵劇院以臺上的你爲果核
埋入調暗的燈光，深黑得發亮
再向外萌長淡淡金槭樹、
逝水年華停格的膠卷，包覆我發炎的胃
改建式舊舊的仿日磚房裡
錄像機腳架半跛，像一生專注的老攝相師
把自己包裹在透明幃幕中側錄
臺下的我全身溼透，卻只有一半是雨
一半薄日剖面，陰面是夢土地景
你剪影太美，密室太醇潤
親愛的我分心有據
誰教你換幕頃刻，淘氣偷喝黑夜金箔酒
你側臉是陰影的亮面

那只是偏執的側錄：
捨棄全景和繁茂枝葉，除你以外
唯獨攝錄我。老師傳滿意地離去
微笑不帶走滄桑
容這個良宵老去，那一刻
擦過金邊。悲欣交集，熱淚之外我一無所有
讓滲入的暖風不吹拂，只停駐
凝視我們落水的斷線珍珠

蕪草與寶貝
我寫詩，只留一半的餘韻
正如那夜離去流了滿臉淚
像隻落水小狗卻甘美。黑夜煤炭從你手心
傳遞到我一個人的生活
我寫詩捨棄技巧
感覺美好得已不想隱喻

聯副 2021.10.27

今夜別管我的詩

今夜，別再管我的詩了
你舊舊的黑呢絨大衣，灑著時間的碎鑽
渺小地折射一種迷離的亮度
使我泫然，想澈夜偎著你像懷鄉
把自己給你但不給你詩

「你看，時間的碎鑽——」
忽忽我們愛上了殘舊，氤氳
奶酪黃小提燈，瞬忽，薄翅
給我你的白煙圈，被夜色拓染的舊大衣
給我綻線和毛絮球
正是這些美，使我左胸口
光暈般飛著熠熠發亮的碎詞語

別把我的詩又給我
好嗎起碼今夜
別過問我是不是又寫壞了一首詩
起碼今夜，我與詩都不晦澀

一整夜，整個時代陪我們
我聽到火車駛過的聲音，把我的詩帶走
你會感覺我是女詩人多一點
還是單純一個咕噥的女人？
你敲敲我的頭又揉一揉，把我的頭髮揉到亂
笑道，不如我們夜遊去吧

華副 2020.7.6

輯二　你血液裡有神的聲音

聽見太陽

囚房放風的時間，他獨自
散步到籃球架下
瘠瘦的身影像時代的縫隙——

雖然總是無法直視太陽
可是，很美——他緊閉雙目，依稀聽見
出自太陽的金色聲息

起初只是呼息，再來是剛睡醒的
雪花般淺淺呵欠聲

眼睛再閉緊一些，聽見太陽站崗、摺棉被
以及勞作時的歡快歌聲

照射在汙泥地上，灰燼潔白起來的轉化聲
甚至他曾從琴盒取出薩克斯風的
釦環撥動聲

還有種子破開般的甜美聲。
太陽雨是最動聽的一種
千萬支金弦，粗如痲繩或細若懸命
一道道勁發，垂下則淡淡地像
囚服剛洗好的皀香

雖然很快會又弄髒
可是，很美——他窮得失去時代
卻有一隻溫熱而厚繭的手
伸出縫隙拉住他——

「你看，我們同等髒，窮，但可以伸出手

讓雪花下在掌紋的泥垢上」

究竟他被世界放逐了還是
連衣角都被釘死
你選擇哪一種詮釋（是的可以選擇——）

也許是時代被他放逐
然而很美。失眠時，他習慣裁下夜的側臉
留一半給蜂蜜浸潤。此後裁剪
要留下耳朵

「你將聽見太陽。」

中時人間副刊 2022.9.19
入選《2022 臺灣詩選》

光的手語

連光都在傾聽——

天光的楔子
才寫了一段
就擱筆

去汲舀她還未蒸發夜色的清唱
以光的手語
示範給樹鶯聽，給詞語的新燕，也給任何
能引起神性昏厥的殘缺美
美得精疲力竭的
聾啞

聽見，一種最動人的懂

指尖蘸著陽春水
在小鳥受傷的羽毛上輕攪出漣漪
她的啞音躍動著燦爛的靜
堪比猶太人的詩——流離了半生
如鳥飛出樹林

就是祈使句一行。

鳥囀：光的結節
五隻雲雀的翩臨帶來最美的禱詞
七十七隻翠鳥的停棲像一大片
天堂的草坪——唯獨並未投影她的裙裾——
那因風鼓脹的裙裾只能
在人間在風沙中

用力按住

光的手語有時像
明亮的葬禮
淡金色棺材只剩形闊令人悲欣不知

光的手勢，有時也像
晚霞的碎布
預示她將在兩個月亮之間歷經滄桑

用撕扯聲比劃著複數的永恆——

中時人間副刊 2023.6.15

光的籃子

終究盛裝不住什麼
一只光的籃子——

裁製之前要先打底
以小女孩手語裡的流言金——
她會漸漸成長得豐熟，困惑於各種蜚語和
揚抑不定；然而日久
回想時都暖熱了

以泥濘上的月色爲濾片
爲現實上柔膠
帶點濕氣，偶爾泛起皺紋很美像夜的布疋
別忘了塡滿縫隙

取自聖潔陵寢上的繁花種子
——莊嚴地睡去之前
要攜手

最後灑下靈感的芥末粉
這只籃子就告完成
連末日街燈的鎢絲都被抽取來編綴
突然有了想要唱歌的慾望
正要啓口，想起自己是啞的——

她挽起籃子，一路盛裝：
薰衣草，全麥麵包，自永恆篩落的灰塵
眞摯的謊言與塔樓上的愛
那些她最襤褸的
寶貝——日久還是盡都掉失並攀爬了乾枯的葛藤
一如鐵的懷抱是空靈的

海霧滲出淚水

不知傳來若有似無的法國童謠
美得彷如末日傳來——

她暫時擱下籃子
吹直笛應和，音不成音——

文訊 2023 年 8 月號

複寫的夜

我不在乎這是原夜
還是複寫的夜

不想探究它的顫動來自窗縫
溜進來的風還是
索性與你一起溢出的水線——你與夜色
一起溢出，一起在月亮叮噹乍滿的
那瞬，被抱住

我只在乎這些美好
已被襤褸而旖旎的空氣抱住
不追究實質屬性……

也許只是形而上的夜
手腕繡著小雪，黑蕾絲睡袍裡是瘦的
纖長的兩指之間夾著雪白菸管
煙圈是肉體的火
卻能乖順地被自身環住

使我透過美麗的灰燼
看見愛的清澈——也許是後現代的夜
各式碎片拼湊，星空截角，月亮拼圖
搖曳的藍色大印花頭巾
都有你以秀拉點描派技法刺上
麻醉的灰色微光

你手指下雨。閉上倦意的眼睛
淅瀝瀝，夜已深沉——你是繪於水中之水
還是白中之白？

複寫的夜
除法不盡的豐腴夜色
複寫的你——

溢出的你
——藍色的倖存之眼

我不在乎所看見的是否拼湊因爲
只要一塊石頭是暗的
全體都不會發光——
模稜，使我在摔碎之前即時被捧住

模稜使我 Salsa 般安適。
我不在乎這是否爲原夜、不在乎你
是你還是複寫的形象——

我不在乎樹的字母、沙沙作響的棕櫚扇頁
那麼優美地橫向伸展

只爲了委地。

註：「在所有的字母之樹中，棕櫚樹最美。寫作，像棕櫚樹的葉子那樣濃密而分開地伸展，其主要效果是：往下垂落。」

——《羅蘭．巴特論羅蘭．巴特》

聯副 2021.7.19

藍梔子

初冬的白色指縫之間
藍色梔子花
冉冉懸浮——

你沒有錯看：凡透過縫隙看見的
都比天光側臉的小紅痣
比微血管更確眞，亦或更接近
內在的眞實——那在我靜脈裡睡了又睡
連冬天都睡暖了的藍

寸生寸移地懸浮
彷彿預告罕見事物之瞬落
藍花瓣落下

虛構的雪落下
你落下

我從黑塔樓的對角線
像夜光遠遠地擲回自身的陰影
讓發亮的碑石
拓回過去

你失明的眼睛得以看見
（請慢慢地睜開眼睛，以適應光線——
藍梔子之所以懸浮，Dear）

海床藍正在孕育春天，及其相關
種種瑣碎溫柔的小事
知更藍也有了母性，在鳥羽的縫隙間
進行孵生，堅強地，俄羅斯彩蛋般

可以立在琴蓋上的
再生藍

孤獨得像風的擁抱
晚風殷殷補綴的
襤褸藍。千百朵梔子，浮花浪蕊的藍……
這片藍已是我們的餘生，Dear
雖然我甚至抱不住
自己的影子

初冬指縫間的白
流沙。潔淨的腳趾。素樸而悲傷的樓梯
藍梔子的香

請記得，從縫隙裡看見的
最確真（現在我連珍珠碎串打在身上的痛感

也著迷不已）

你呼喊冬天——

我呼喊你——

聯副 2021.3.8

剝杏仁

十一月是清涼的雲母屏風
你牽著影子，穿越拋磨過的細緻紋理走出去
用拉丁語說：光——

而我竟已恬適無求
沒有挽留，只拾掇你口袋掉出的一小片折霧
對木櫺鑲邊說法語的 a

什麼也不做又如何呢
像金合歡，飄飛的抑揚格，錯位雙音節舞步
我垮垮地穿著淺黃色睡衣
想像各種字母形狀，吹散夜的蒲公英
試各國語言發音——

一起床我就窩在布沙發上剝杏仁
不吃早餐不做正事甚至不思念
任指間霧般流溢你的舊——
你舊靈魂的香氣，以意識流手法半自動書寫
你老派大衣和頸紋間的殼核碎屑

滿室簌簌金急雨——你衣服的綻線很美
甜杏仁在圓裙上，濺成落單的雨點
苦杏仁堆在指頁，屏息五秒後碎裂

又是雨光了，又是屏風又是你
穿越我手心的蟲洞走出去如此輕盈
Dear J 你已不是——

你是皮膚，我是字母的嫡女

成片芒花林拂動的時候，你就是十一月
整個秋天我只想慵懶數杏仁
Dear J 你已不是——

註：英語中「雲母」一詞來源於拉丁語中的「光亮」。

不信你可以問雨

那結滿小酸果的時光陵寢
我已不再流連垂悼
不信你可以問雨尤其史前的黃昏雨

再獻一束山柳菊，我就走
誰都不要催我
請容我背影滂沱像原本來自雨

我溼潤的靈魂瓶供在乾燥的肉體裡
舒適得可以不顧瓶口
那優美的窄。瓶身的彎曲是我適應你時
拋磨自己的弧線
但請你不要問火不要問它

是如何融鑄我

你可以問我經常倚窗的玻璃霧
旋轉的夜燈之於黑色
那麼你就會知道，我已是你的一小片皮膚
冬衣褶邊的一道綣曲的顏色
用手指繞起來的感覺

像雪花之於壁爐，或街頭上
被風吹動的空酒瓶
那躑躅的，溫暖離散的
紙片與詞語

我已經可以從你心臟縫隙
自由出入，與時間的白煙圈一起被呼出
我那麼快樂，你那麼美

不信你可以問街風
像問路一樣簡單而平安

就讓我再獻一束姬百合
角隅的石頭裂縫
開出白花。周圍黑了，心靈的伏線閉合
你在央心，使空氣長出
嬰兒淡藍的薄翅——

搧翕時，你的胸口會酥癢
不信你可以揉揉心
把你的感覺問泥濘，問蘭澤問水鳥
問多情的山鬼問聊齋
或問你的夢

不要問我，信了你也不要再找我

小米與炊火都是我
我回不回答已經沒有所謂

聯副 2021.1.21

你血液裡有神的聲音

每個黑夜都藏著迷宮
晃蕩而糾結著黑睡衣的卷縷
鋼琴罩上夜的黑紗
成爲一種聯感，像天空中移動的布疋
經過夜鳥神性的翩躚

「噓，先別說話。我聽見你
血液裡有神的聲音——」

你的臉像透明度剛好的水梨
一半浸在淚光中，一半娑摩著夜空的頸項
靈魂擦過黑邊般深刻

沾附一點歲月的糖霜，我看見
你是舔冰淇淋的孩子
唇邊一圈白，瞇眼笑瞬間
天光白了滿鬢角，身影小小的是反璞歸眞嗎
缺牙，愛笑……永恆總以脆弱者爲象徵
以最小單位的孤單來思念

我的靈魂深居簡出
眼睛如此眷愛著風
而風……有時帶來刮擦過的明亮
　　——劫後的明亮

劫後，我們還能平靜放風箏
放開懷裡的彗星
讓它飛走——來世我就要生在那裡——我笑
但你同時在不同方位喚我過去

360 度寸秒寸移——
360 度寸秒寸移，包含
360,000 個方位，那麼多瞬生瞬死拽在你手上
抑或含有 360,000 個
美好的神啓——

總有什麼能流著淚
笑著被帶走

整片天空的淚眼，凝縮爲
千年流蘇盛放那須臾
欉裡溢出的醉意——你遞來黃昏的紫線條
纖楚而剛勁，核裡有熠熠生輝的結晶
撐住危樓，鐵鳥，失序的霞

而你血液裡有神的聲音
而風。

幼獅文藝2022年7月號

如果夜空落下鋼琴

如果夢有肢體語言
且受風向影響
翩躚的影子歪歪斜斜，前胳臂吹向
語言的悖論——你將發現

你能在小黑浪上行走
在借來的煙火下流浪，抱著流星的骨灰罈
裡面還有黑色鵝卵石，詞的血脈
甚至前朝的傾圮
而你保護得那麼周延

不怕砸毀即使
夜空落下的是鋼琴

如果夜空落下黑鋼琴
你不用躲，我不用爲了害怕鉅響
捂住雙耳。那是黑的極致，樂曲的終章
淋漓演出後，哀感與
幸福交集的震顫

像靈魂的胎記與夜的內核合一
如果夜空落下鋼琴
那是一瞬的擴張、極其認眞的形象化
供日後追念

可惜來不及與上一個時代
約會或情人般爭執

我們只有這一瞬，包含所有的

過去與未來。如果天空繼鋼琴之後
落下的是優美的廢墟
我確認了熱愛的石礫和磚瓦只屬於地上
經年累月慢慢形成

而非硝火下驟毀。
如果，依然——

擔任戰地記者的你
不再有隻字片語，天空將不再落下鋼琴
我仍相信悖論是語言的爵士樂
想像力是天堂與硝土之間
清新的田園牧歌

且可以
寫在縫隙

聯副 2022.8.28

錯譯的時間

時間在壁爐裡睡著了
安詳地像我們想像自己死去的樣子
火光，以孩子躡足般的輕
推遲它正失去顏色的速度

但那掠過它頸動脈的決絕我依然
不忍注視甚至
因此而失語。親愛的朋友，我們能倚靠的唯有
以形譯形，不惜錯譯

例如夜舊鎢絲翻譯窗戶的月牙
風破洞，依然翻譯蛀蝕的水果
雖然都是錯的——我預知自己

即將失明，即將離去，以訣別時的靈敏聽覺
辨認那些微弱的在場

悄悄地，讓我們以聲譯聲。聽
沙沙傾斜的花粉雨，讓同樣失語的胡蜂
在時間的眼瞼上採蜜，離去

一瞇瞇金黃色開啓幾千個花序——
或許我還將失聰，仍虔默期待
離去前最後的時間吐芽、賦形
太陽雨的織物，絲縷誕生更多更迷糊
也更多情的轉譯者

親愛的朋友。請你
取代我，以色譯色

灰蛛網翻譯潔白的壁紙和鋼琴
布燈罩流出的黃光怎錯譯成春泥的顏色？
終究要碎的但房子裡的暗物質
以意志，以細瘦的手
抓住太陽雨織物——光的果實

鳥囀還在直譯被人間遺忘的草叢陰影
直譯令人倦。但我已深深愛上錯譯的時間
同義反覆的眞義是把時間推遲
一寸寸被斜光削薄的側臉，與犯錯的孩子
一起創造了清晨

幼獅文藝 802 期

時間唱詩班

無人清晨，走進這座
楓樹褐紅色血液潑濺過的教堂
闔掌禱告之前
我聽見一千種鳥的方言

連我想像中你昨夜連緜的鼾聲
都足以形成靈感——
透過鳥囀唱詩班我聽見
每一根羽毛中，藏著那麼纖細的驚雷
閃電般的時間噼啪好聽

感官與睡夢之間的行距若有似無
形成氤氳的歌聲——

這不是春天，接骨木種子卻在搏動
時間唱詩班由各種邈然物組成

我已不知聞到的花香
是預知還是緬懷

又例如瞬間——
日光捲起的霎那
我的眼神

眼神也可以形成詩班
——在一瞥回望時的心跳藍之下
漸層式坐入晚霞

那就是瞬間了：
三克拉的時間

蛋殼般的清晨，容許我唱得破碎
我不需像歌伶般唱得完美無縫
甚至不需時間爲我們
蒸餾那些年的雨季，不需要提純不需
凝斂我們每一次聚散
裁掉枯葉

我坐在教堂長木椅上默禱
裁剪自己禱詞般搖晃不定的靈魂
而你淘氣的影子坐過來
眨眨眼，可愛得像是眞的
「放射我們共度的碎爍吧。」

天光大作時你影子更深
皮膚下的灰燼逸出，散成一片落入眼睛

我嗆出淚對你笑說：
這麼美的天光需要被罷黜！

中時人間副刊 2023.8.23

時光守衛

有種無聲，會選擇靈性的耳朵
火花般噼啪作響——
就像這次你送我到車站，我突然摟緊你
骨與肉發出回聲——

耳鳴使時間暫停，除我之外，一切凝止
老嫗的玉蘭花被好心人全買走
美好的笑容定格

你也是凝止的，看不見
窗口斜射一道帶麻醉感的點狀微光
交織第十二根形而上的細弦
像時間的彌撒書

封存了各個時代的夜
包含每一瞬都在發生的離別

只有我還能在月臺間散步
且看見時光守衛——穿著筆挺的制服
微笑起來像紳士

這是我第三次看見他
總在離別的時候，總在我的最後一滴
成雨的那刻——

這次他給我一抹極其溫暖的微笑
在我糊掉的車票上
蓋戳印，從此我可以自由穿梭
風的影子，夢的肋骨，黑夜微笑的側臉

回到每一次虛擲在耳語中
最美的浪費

例如昨晚我們圍著電磁爐
暖呼呼吃麵條
你說幸福地倦了，連泛黃的舊窗簾都美
整疋碎散，會成爲金色灰燼

此時正要相擁的少男少女
敞開的手臂變成空空停頓的弧度
——如果那是人生的括弧
你想填入什麼？

撬開神啓般的胡陶殼
權充可以置入任何暖好之物的括弧：

熱湯圓，老派懷錶，優美的鴿語
兩百種鮮嫩的綠色

撒一點時間的金箔
我們變回歡快的孩子——
在時光守衛恢復這一切動態之前

我掏出化妝包裡的眉筆
爲你畫兩撇鬍子

幼獅文藝 2023 年 1 月號

被失去的人

這一次，我只是任莎草失去了你
整個河堤都搖晃起來——
任漂流的搖籃和天鵝頸水瓶
最深情的那方泥濘
也失去了你

終於你不再被無謂之事所需要
不屬於誰的屋頂，也不屬於悲傷的臉
自由得連伸展的手臂
都美好地消失
於天光之中

你依然在黃昏時打開信箱，紅鏽斑倦了

裡面不再睡著熟悉字跡的信箚
卻塞滿糖果，雞蛋，花栗鼠軟毛娃娃
多好，這些療癒之物
都還擁有你

只是你再也等不到一封
從夢中伸手遞給天空的情書

就當個被恣意丟失的人吧
你自知已一無可失，像夜的肋骨，漆黑，孤獨
但折斷後初癒時的舒坦
堪比幸福地消失

像一捧蜂蜜的灰燼，甜燦過後
還能保有
被倒空的自由

雖然莎草搖晃的聲音
依然使你夢到母親衣服的窸窣聲
以及那個待你至好的女孩，不時調整髮夾
怯生生走在你身邊
「我害怕這只是夢。」
她憂悒地看你

失去的只是多出來的時光
你已不再介懷——機警如你終於像一個孩子
純然站在時序錯亂的金急雨中
仰臉任花串打痛

而我只是畫一座
光的墳塋，金色的廢墟
任紙筆失去了你

一個人的告別

穿上米黃蕾絲睡衣
她夜遊般地走到
虛構的屋頂，安靜俯視千萬頃軟銅

百合般的腳
被內蜷的葉片鋒延割裂一道小傷口
旋即癒合。已淌入的包括：

夜曲，珍珠，鮮奶上空
魔術般的晶屑
花蜜，金色塵埃，德布希式的抑揚頓挫

這是最後一次走上虛構的屋頂——

千萬隻虛構的蝴蝶
使她形同飄雪的女子。這是最後一次
她任自己的靈魂鄉愁
一片片諦落

撿起幾片寫下吉語：
平安，快樂，頭好壯壯。願你此生無災無病。

（她曾在劇痛中開出百合——）

這是最後一次，她讓百合般的腳
被舊瓦割裂一道縫口
最後一次開放外物緣著甜血流進去
也許是正在啜泣的粉紅色
也許是死蛾——

（也曾昂揚破繭。）

她最後一次拉緊鍊繩，鎖好了
沒能讓苦澀流出
華麗的陰天，捨不得轉爲白雪小陽春

穿著睡衣，從此是個沒有鄉愁的人
她爲自己添衣，穿上紙拖鞋
防禦性只多三分，但今天的白鳥將會是
明天霧中靈活的手指

勞作起來比以往更歡快。

創世紀212期

封城日，你笑起來很灰

我躑躅於疫情尚未擴散的島嶼
著迷於冬末清晨回暖，好像，有一小截
毛茸茸的春甦哺乳動物尾巴
棉質書籤般預先鑲嵌
使日子延長

你打工的彼岸之城已設封鎖線
灰濛濛的日子也延長了嗎
我想像你口罩裡，總是很灰的笑
每一瞬都像有鳥翩行的淵面
天地混沌初開

我仰躺在水裡，學畫的孩子般認真分辨

每瞬間你極幽微變幻的灰階層次：
祈禱灰，清水模般的歌聲
破曉天使灰。你耳朵是古老的角落。我挨近
說：廢墟，鳥的陰影，愛。

你厭棄哭泣，常笑不從心
但偶爾眼白仍有墨漬泫染淚水的灰
多像一捧柔暖的光燼，稍不留神
就要呵散——我的回憶早已封城，城門全關前
白嗎哪花漫天迴旋
甚至肆放異常濃烈的香氣

你的灰，蜷於舊琴弦的手指
像春日寡言的小孩
早熟地眉頭深鎖，用力摟抱霧起的一瞬
久久也不放

我意外獲得延長的好日子
坐在後露臺白鏤花椅上，啜一杯陽光
抽紙捲菸，排列相思豆
這麼多年，初見小酒館與揮別那刻
突然間聚合起來

一如畸零：
天光裡，不可抗拒的盛放

我用拭銀布輕輕擦亮你的灰
珍矜地連用手指也不忍——你知道，僅只呵氣
已是一種奢華，必趨於委頓
一如寒冬風格的石蘭花斑點
滾成夢的巨石碾過我

——你說如果末日屆臨，就要不顧一切找回我
我說，你將平安歸來
這時代還不足以使我們眞正相愛

封城那日，你笑得像平常一樣灰
我夢見成群黑綿羊巒動
一隻有汙點的天鵝，在背景曳動邊緣
綣起純然的白——你的笑容煙燼一片片落下
屬於我的那片忽然騰起
邪邪地洞穿天空

J，你連僞輕佻的樣子都使我哀傷。

創世紀 203 期

你臂彎裡的夜色

我只是突然想撥撥時間的漣漪
像撥彈琵琶般一波波輪指
聽見了嗎，那七百種回音的暈圈那折射的虹
像花園裡的鞦韆弧度

指尖冰涼舒適
在你的裸背上畫圈正好
那時我們窮得身無寸縷
躺在搖搖不穩的單人床上，分食一塊烤餅
有時從舌尖上餵
屬於窮人專有的快樂竟像
與時代調情——

如今我們蹲在星空下抽菸
這是危險的，會暈——
暈星，暈向煙圈的散佚
暈於黑夜弧度可愛的翹鼻子
我想延著剪下裁製爲書籤
但惑於你臂彎裡的夜色
那裡有走私的罌粟、春天死去前的呢喃
使人如在戰爭裡
躲進四季如春的防空洞
貓步的輕也能像死亡只是經過
現實窩著顫抖
那裡，唉，原該駛入時代的火車
只是誤點了——
原該窩著我的可我搶不過現實何況是瑟縮的現實
淋溼的貓一般惹人心疼

我們的時代遲到了但我能見證
你臂彎裡的白晝
像夜色一樣美——
我們愛這個時代的方式叛逆如逃學少年
你先翻牆跳下去，張開雙臂接應我
我摔破皮流了血但終究
只感到甜蜜

（神的血液從在創口邊緣
死去的指繭有天堂的白色）

給我清澈給我嬰兒藍
——花園鞦韆擺盪了一大圈經盪過硝煙與天空的裂痕
回到傾訴藍——你的胸肋
你把臂彎裡的白晝借給我

黃昏時收回
你把夜晚的臂彎留給流浪貓狗，抱暖了入眠
你把心愛的漫天夜色留給我——

從容文學33期

我曾死過一分鐘

爲了保護這一分鐘，或許我
願意死去——

只要世界可以和平一分鐘
煙硝暫止，全世界的坦克都壞了引擎
彗星拖曳著線條像
永恆的減法

我知道如何死得像大提琴般
體態優美，封存的低音是我靈魂的雨水
路人只覺衣衫被花灑沾溼
不知在草塚裡，我切下一小片時代
摟著去死——

我願意死去，而且
眞的死去了一分鐘
走出草刃時遍腿都是嫩綠的傷疤
手持鐵鏽的薔薇——是你們捎來的嗎
我妄想代替世界，而戰事，而……

從未想過那一分鐘
死者也能
從月光受孕

我腹部逐日隆起
如墳，如土丘，天光白得像入土儀式
颶風後的放晴有種刮擦般的明亮
一起安詳地，到我死過的那片草坪放風箏吧
未知什麼時候會產痛

從心臟瓣膜到腹部
滑過一顆珍珠
——他將美好地被分娩，世界會有一瞬
所有人都爲了活著本身而燦笑如蜜
即或什麼也沒發生

自由副刊 2023.2.10

你的睡

——給群盛

秋褐的血液斟入陽光
因此更顯深濃的叢葉金色縫隙中
我把飛過的鳥看成
你撲動的眼睫

「太早進化的回憶以及
太晚出生的文字。」你寫道
我們並肩走過的森林
都成了綠缽碗，圓弧形總會再相遇即使
還要再走很久很久陷溺於

金雨的迷宮：

時間的金急雨

鳥鳴以雕刀的方式
刻鏤滄桑
而滄桑是天堂搖搖晃晃的倒景

我雙手捧不住的碎光落地
開出新綠——
草的骨骼正在生長
再生——首先是骨頭的酥癢，其次是強烈的渴
但我不求煮雨不求生飲

請容許我只是沙啞地想念你。
隨你的眼睫緊閉，世界
溢出語言之外。風綳緊的線條斷裂而你
摟住的墓碑正在下墜——

但再生的下一個跡象是抽高
第十三個月份高於我所能仰望——
整年的憂傷還沒有過去。
可以凝縮爲寶石嗎，永遠鑲嵌在
你名字的音節間

天光下，你安詳闔眼不再睜開
白色碑石變成羽絨枕升騰
棉絮自割裂的傷口中飛湧而出

宛如在濾淨過的鳥鳴聲中
再次暖暖擁抱。只要我活著的窄仄縫隙
有你曾經撲動的眼睫

註：「太早進化的回憶以及／太晚出生的文字。」出自林群盛詩〈及〉。

聯副 2022.12.27

輯三　我只有一種無計可施的美好

我愛不曾是的一切

美麗的黑碗罌粟，我不曾是
我不曾捏塑過陶瓷或
痛快燒盡一個人的信箋
黑皮膚的婚禮歌手縱恣彈唱而我不曾是
聲音上的球架

赤腳走過滾燙大地的非洲小女孩
饑饉，尊嚴，黑豔絕倫
而我不曾相像分毫不曾及得上一絲
她高尚的足跡拓樸學我不懂
但我愛

黃昏慢慢捲邊的情致

我愛但不曾是，至多我坐在窗緣
紮粗麻花辮，斜擱在罩著藍羊毛衫的肩上
落索撥彈木吉他的單音
哼起走調的歌聲

甚至我不曾安份守過一個
靈魂的黑夜——
你懂得我何等愛自己不曾是的一切
即使滿雪橇的夜色與寒意
朝我們運來

我願踩斷黑夜的線條
讓截短的黑線斷續構成明天的形闊
我愛我能獨自愛上的不完美
及肉體之不能不朽；我願自己是
木質香調敦厚的絕句

短而齊整，筆順篤實但能寫在
唐朝的縫隙——

縫隙中的一切
我都愛——

你知道我愛自己不曾是的一切
甚至杜鵑花的血
被你看成斑駁光裡的石榴紅——
你將明白，我愛古詩裡的長命無絕衰
但也愛轉瞬

一切被藏在縫隙裡，夜的纖維裡
那些可能，與依然有限。

聯副 2022.11.4

我愛邊緣的事物

「世界在心靈的邊緣變老，而思想正進入黃昏。」

——齊奧朗

終於，你比光線更纖細
在今年多出來的月份入口張望
盤坐在我窗櫺的
木紋間，撥彈
綠豎琴：因風簌簌顫抖的金合歡樹葉

爲了奏出最美的音樂
一如廢墟中響起
你說自己必須先是周身明亮的聾子——
泛著令人疼痛的亮度

斜照思想的黃昏

世界在心靈的邊緣老去之前
下過一場看不見的雨
骨折的雨——用一年將盡的殘綿片敷癒傷處
世界溫柔地像
透過貓眼亮光映照

我正是如此愛著一切邊緣的人事物
善良而渾身髒汙的賊
吹口哨，爲老去的婚禮歌手過音
包括瀕危的生命，總能在看不見的絲弦上
畸零的盛放——

混凝土中的紅玫瑰
黎明的種子

霧正淡去的指紋

冬日的啞謎
外層是鐵鏽的歷史色澤——
我們一起用貧困的視線來愛
愈貧困愛得愈深切
風的籠子從來關不住什麼
卻使我們的所愛都邊緣化了像飛了一千次
依然受困的
小蛾

捧在掌心，不飛了
微弱的撲動是銀水煙裡小小的心跳
等我們老得正好一起坐在堤岸
看夕陽，永恆地併肩等候
下一個百年

聯副 2023.7.19

阿赫瑪托娃的失眠

說好了中止情詩——
我們即使失敗
美得像阿赫瑪托娃的失眠

在時代動亂與個人情愛間輾轉反側
但深知到了白晝，依然會挺直優雅的頸項
獨自推開厚重的木門
穿越燃燒的黃霧靄
走入紅穀倉被劈開的心臟

解開絲巾繫緊的禱詞
任其無方序地飛——像白鳥和手指一起被帶走
黑麻布的空氣間穿引

靈魂的冰針
刺回自己。如此夜晚並不寧謐
但憂患得很美，親愛的，我們珍惜失眠之苦
只要黎明未逮，玫瑰念珠不會綳落
痛苦暫時只屬於自己

說好了中止情詩之後，我們
愈貧困就要愈尊嚴。但你能不能告訴我
陰影中的天鵝是皎亮的
還是如遠看一片黑澤？

感恩黑夜使我心悸，但能保有
與時代最適切的距離
雖然黎明總是會來——手上的晨花隨之朦朧
時間蹲在藍莓叢裡顫慄

抖動得欷欷聲響。即使整個時代的波紋
環狀波蕩，攪散我們的尊嚴
但它還在，像不再傾說的情感一樣緘默
像阿赫瑪托娃的裸體畫
卸下衣衫以面對亂局
寒風下，端凝得連腳踝都沒有抽動

反光是隱微的但
眉骨是深峻的——

親愛的，我經常看見失眠的自己
睡成一片靜脈青
正輕輕搏動——比睡得暖好還要更眞實
雖然棉被怎麼跩緊都會扎進風針

我依然懼於晨光大作
但那時，我會默誦你曾讀給我聽的詩句：
「沒有詩，我們也可以
生活得下去」

註：末兩句為自阿赫瑪托娃詩句。

文訊436期

我們都沒有走

「有時愛也會追趕過太陽。」
——帕斯捷爾納克

許是出於整年的艱難
重壓地平線，偶爾它在歲末綻裂
縫隙通往沒有疫病與戰爭的世界
「不要過去，只要虛瞇眼張望。」
你說，即使太陽落後
我們也能捂熱彼此大衣裡的小廢墟

你說強烈要我，乾脆像一輛坦克
卻發燒爲我寫下最後一封信：
「如果全世界都雪崩，我們就走。」

你說寧可佇留在頹園
衰殘的身體化爲土地
在那之前，你還可以感覺到我的手指
始終而堅定地橫在你的心臟嗎？

徒步走到離我最遠的鄉園
編號第 999 郵箱，捎給我病中信箚
用密密麻麻的斜體字圍住我
繞路僅爲多看眷戀的沿途風光？
「我也不走。」醉漢般囈語而一本正經
同你並立於這片土地，補綴殘陽
以心知肚明，有一天終將失敗的深情

我們熟悉的土地，反常地下起雪
雪花斜落，泥壤潑濺在我們臉上
我們沒有拭去，只相顧而笑。

我們都沒有走，沒有趁裂縫還是淺笑狀
抿成直線閉合前鑽出去——
告訴我，愛已經追趕過太陽了嗎？

通往異世界的裂縫已完全閉合
飛翔的仍是舊世界的鵝毛
你臉上虛線交織，這一年的悲欣哀榮
新年將至。今年我們失敗得很美
凡掠過的，一律視爲愛
無論我們被什麼追趕過

聯副 2022.5.8

冬日小永恆

妳採摘罌粟
捧著一束火走來，我看見
一種永恆——

冬日的留聲機還呵著白煙
妳皮膚上已有了春天
指尖上的迷你三月娉婷旋轉

說好了一起住在我們欲望的白色客棧
不換門牌，不羨慕住在
有壁爐的房間，無聊時就蘸一抹細枝上的雪
孩子般塗彼此的臉

只要安份守住這個冬日
有一天我們就能用皺紋對著繁星
像年輪攪入永恆，留聲機播放光的回音
爲什麼妳兀自違規

如今我蹲在星空下抽菸，不時暈眩
——永恆總令人暈眩不是嗎
菸燼像神的白石灰
一截截掉落，寸寸閃著墓碑的光澤
精緻得令人感到疼痛

這一切讓我隱約相信
一切破碎將恢復完好
破舊的，依然將舊得很美。我們夢中充滿舊物
舊藍襪，綻線的羽絨被，有球絮的毛衣
白色卻飛走了

我攪著水裡的碎煤球
沒有去追。

等到我們睡醒，衝著彼此一笑，推開雪窗
天光是我們的第二位母親
堅定地站立。不再從一千扇窗閃折回去

黎明的皮膚泛著妳的粉紅色
妳捧著罌粟
手指探進我的昨夜，蘸一點菸灰
揩抹懷裡的紅

像野性的天使，剛筋疲盡地
完成一場打穀——永恆是打穀完的天色——
母親，我的詩是一千年前

為妳誦出的虔禱文

聯副 2023.3.16

冬的搖籃

深冬，大地像一只胡陶木搖籃
被子是最最樸素的天光

白石砌成的枕頭上
一張張粉紅色臉蛋
睡得酣甜。我們都不可思議地成了嬰孩
鬆鬆蜷握著手指

還沒有學會牽手還不懂
愛與對錯。整個冬天，我們只學會胼手胝足
熟睡得甚至不知

灰珍珠串線在天空綳斷，降下

一點又一點灰色的冰雹，那史上從不絕跡的
戰亂。疫病。死生。
雪地的吻。

落下
神的灰燼
一片片
落下

從霜降到立冬，小雪到大寒
你是不捨結束的節氣
睡夢中探出食指，像早已過境的秋分
還在深冬的手掌上
畫圈。

羽絨死於自身的純白
搖籃卻如花托盛放
近凋萎的蘭花昂然地挺著蝶黑色斑點
以凜冬風格，還原精神的在場

醒來。依稀狐仙的飾帶影綽
愛過恨過終究抵不過一句
紙片上的潦草字跡：「逝者已矣。」

醒來。諸神隱沒在黃昏地平線下
徹夜燃燒的黑樹
以白花爲簪。我們在天光下在風的裙襬下
虛瞇眼

手心向上攤開——
神的灰燼落下——

冉冉
一片片
落下

鏡週刊 2022.5.9

我們的抒情

我們只有一種抒情主義：
你從小豢養的馬，爲我運來散文般的山水
絲柏的珍珠連著湖的紗霧
整片風景揚起一道優昂的手語

微光流放的冬季
我們彼此暖手，懷孕著頌歌的小屋
瞬間的石頭劃出一道
彩虹抑揚格

颳起純白色百頁窗——後面是兩個孩子
虛掩著兩千種好奇的凝睇
滿屋子的童年幻燈片

就這麼靈魂迷霧徘徊留連了兩百年
使我想念音樂和鳥的風

音樂是一種二律悖反
抵禦了城邦的鄉愁，又成全了天地的眼神
夜打開夜的脈博，散文行書散文
在你爲我運來的山水間
詩意如碎雲母零星散布

最美的那點——心靈的小屋
點中的硃砂——相守的我們
聽。紅酒纖維噼啪作響——
點燃音色淳厚的柴。靈魂找到返鄉路徑
旋轉木馬已經廢棄

我們都夢在童年式的白描之中

不易追溯，正適宜想像
我們只懷搋一種抒情主義：
你爲我運來山水，繫好心愛的馬，我們相守
直至血液誕生曙色

畢竟，血脈裡的紅酒
還原成葡萄之前，會先流經一半的心臟
你會感受，我在，天空與大地深情對望
你會感受一種微溫
孩子們同時朝玻璃呵著窗花
呼吸，Dasein——

註：Dasein，海德格爾定義的「此在」。

秋水詩刊 186 期

一半的永恆

安娜，倚著夜色，妳還頭暈嗎
妳能不能分辨夜的纖維
是我悉心養育的小雷聲，抑或天光浸透的刀
與頸項弧度？

妳貧窮，但靈魂細軟
足以在灰階的夜
預染了滿城破曉的傾城藍——妳靈魂的雨水
打溼黑森林布穀鳥鐘
整點一響，連迢遙的碎片
都趕來相聚

像村落撲閃著翅膀

顫動的星光落入萬花筒，人間煙火
成爲滴淚的單位元

妳來，讓我分一半的永恆給妳——
永恆像質數不能整除，卻能剖半
或只是珍藏碎片，冰鎮古玉般壓在枕下
或隨身攜帶

像複數，後面無盡個小數點
倒扣的黑絲絨禮帽
後面是增殖的夜。我們對話，站成街角兩株
黑色蒲公英，放射狀聽不眞切

又像人質，必須在
最好的時候才交換：
最美的瞬間總是夭折於正被旋下的夜露

微光在黑暗中旅行
妳用剛愛上的人質交換一瓶薇甘菊
和一捧細沙

至此妳終於明白：雪橇的陰影依然雪白
一半的永恆，仍是永恆

說到永恆的時候，相信總會發現
一種語法能說得更貼切
安娜，妳的豎琴弦柱拉到最飽和，繃緊了風與時間
貓咪卻親吻妳的面頰
妳無故扯斷弓弦，哭了。

創世紀 207 期

海上夏娃

有意偏離你心臟一點點
以夏娃手指
一圈圈畫過你胸膛——心靈的地形學

那裡的浣熊和毬果，安詳地
隱入淡青色縫隙——我祕密的深海衣櫃
裡面都是拼圖碎片和刺魚骨
想清靜就躲進去

出來，身上披著薄薄的海水
和一點點令我安心的痛感。
你知道我衣櫃投擲得太深，古舊，斑駁
滲入一點海水和鹽

讓我任性保持對潮溼的偏執
又可以防腐

來自古代的聽覺——
修女袍上的一滴淚
灌進你胸膛。你把情慾翻譯成故鄉
淚眼婆娑低喚我：海上夏娃
唯你懂我同時是孩子與不貞的修女

我有意偏離你心臟，卻捨不得
不再貼緊你胸膛——我是以永難填補的鄉愁
純潔地嫉妒著有限
你知道，我總把肉體翻譯成心靈
又嫉妒衣香鬢影受到
那麼多關注

異鄉之夜，我沒有流血
只是銹跡斑斑，一絲不掛，前所未有
渴欲你胸膛——

我需要藉由迴音空間
躲避柴狼，又把門扉外的風雪全攬入腰部——
我沒有承擔亂世的勇氣或意願
只是想贏回影子

——贏回有限對於無限的渴望
黑石縫隙滲出海水。
我渴望——翻譯你通體，你的聯感你的眼與心
使勁把揉皺的紙片擲入海底

歪斜的字體全是你。

註：茨維塔耶娃稱里爾克為「心靈的地形學」，自陳：「我總是在把軀殼翻譯成心靈」，又指出一種最純潔的嫉妒：心靈嫉妒著肉體。

創世紀205期

肉體薄紗

我肉體的薄紗如蛾子撲動
半透明掩蓋我的面容，眼淚，死與腳踝
凡是透過薄紗發痛的
都像細小的花刺扎入肉裡
異常美麗煥發

風拂過來，花楸樹以裸足少女的姿態站立
一如細緻的日本紙剪影
最最清純的花園。失明的風
爲她披上羊毛駝大衣

此時落在我左半身的白嗎哪花
香得令人流淚，足以旋開禁閉的古城門

另一半靈魂是修復的山水卷軸
——時代面紗的殘餘

（但連時代面紗都冒著星燼
贍滿意義不明的各種術語）

水滴狀的子彈洞穿我左乳房
我柔情的左乳房
左側代表羞澀；右側是運動，是活著，是扭傷
喀嚓——裸足少女專注傾耳，清湯掛麵的短髮
揚動瞬間有股美好的敏感

她的幻聽把成串鳥鳴聲
編織成光的仰臉，粲然的繩結，沿著不可方物的美
走向我。知道嗎，鳥是細砂
使我們與眾不同的

不是符號，而是翩翩旋轉的肉體音樂──

時代如蜜蜂般發出嗡嗡聲
而一種不在，像孩子肉墩墩的手腳
暖撲撲的臉柔軟而破碎

這個暖冬如此迷人，我當如何相信
時代與肉體的摩擦只是一場山上的歡宴？
我與少女，是最最親愛的朋友
用影子互吻額頭，沒有交談，只一起唱歌
該揮別時都不肯先走

像時代穿上一襲霧紗麗
因為知道終將被一隻靈巧的手褪下
反而孩子般執拗

（我不說那是本身就會流淚的煙霧彈。）

告訴我，裹在薄紗裡的我
如何澈底地成爲人？
告訴我時代與肉體的關係，薄紗與靈啓
是不是可以創造卻不能擁有自己
像不及物的愛

也是愛。

創世紀 204 期

肉體翻譯

親愛的，薄日的白紗綢已蓋住我們
肉體的陰影——闇啞，皺紋，褐斑，還有
繁花。是的

凡陰影裡的花點都特別溼亮
內蘊的繁茂如公山羊毛鬚
彌撒曲式披滿翠谷地——淚點和花點沒有分別
都能用眼睛交媾

只要一綹小羊駝毛首肯
我能安心地衰竭下去
唯獨頭髮無限期蓄長，長得能把你夢中莊園
纏繞七圈半——

我抱著煙圈般的瓊麻索
用金線和粗麻繩混成的迷迭夢
飛升途中持續編織——如此暖慰的動作
能使人鼓起勇氣
詩性翻譯自己逐日壞朽的肉體

閉上雙眼，憑直覺翻譯
完成詞：乳草，燈芯草雀
草坪麝香——孤獨的香氣

但草叢裡的時間總是特別斑駁
琥珀嵌在肉裡
肉含在聾啞唱詩班的圓嘟嘟唇語裡

（琥珀震顫

和一塊肉的震顫
沒有分別）

昨夜冬至，我們歡快地搓湯圓
感受小火爐的物質性溫暖
聽巴哈和雪聲賦格
純友誼式胝足而眠，用翅膀擁抱
直到被天光字典翻譯成

向上滴的淚。

我們單純得擁睡而不做愛
彼此珍惜如里爾克和茨維塔耶娃
用翅膀尖梢相遇
用金羊毛翻譯彼此的肉體
確認精神的在場確認肉體的繁花盛放

盛放和震顫，已沒有分別——

註：「我們用什麼相遇？用翅膀。」

——里爾克致茨維塔耶娃

創世紀 206 期

死過

空氣彈奏閃光的白石
綠葉拋擲自己的陰影
你再次與自己告別的那瞬間，就這麼

被鳥啣走。
而我會來，單純地看雲
看世界被剪裁成鳥羽的形狀
從被借走的地方低低飛回來
你曉得鳥羽的顏色會變
隨彩虹，或晚霞，或你無法挽回的輕
「重要的是，它們在
天空到我們的眼睛之間——」

不用解釋，不用安慰我
從你水煙般的語法中
我能辨識其中所含藏的曲折
從你語句停歇處，我能摸出你脈博停過多少次
那裡有雨線縫補過的痕跡
雖然一再綳落……

能不能摀下鏽蝕星星的鋼釘
只是不要釘死：
你告別自己不是厭棄
而是漸次贖回世界，這個被借走就不再
輕易償還的世界

我渴了，但不忍離開去汲水
我在地平線抽緊的喉頭上
站立一整天，看蜜蜂把暮色帶走

任裙襬許多次因風鼓脹
甚至有了強烈陣痛的幻覺——

從容文學29期

酩酊

今夜我要給你的
不是暖暖的被浪不是窖藏百年的曇花釀
因我不懂是你是酒還是
深處埋藏一道
纖細的閃電

但你動脈裡的微閃鬼火
在我血液裡撲朔——
夜色旋轉，檯燈旋轉
我在木餐桌前寫田園風的清新文字
字像春天的碎布

碎花布雨

剪刀

麥桿海

種種嘗起來都有森林的味道
我把字一顆顆塞進青梅中
原要釀酒的你看
甜熟度正好，如果縫隙是那道閃電
你將躲雨還是
捧起整罈釀豪飲？

一百顆青梅中只願你在
其中一顆嘗出時代的珍珠：自由
你將感到，睡眠是
最清白的懸念

你將感知整季梅雨最細那根針

你連珍珠碎串打在身上的痛感都感到幸福
而我指繭已痲木
文字的鄉野後是黑菸草的迷霧
顛躓的小馬車呢

你擁著時代
跳舞

中時人間副刊 2022.2.10

療癒考古學

我不是從你的胸肋誕生，是從
我們併躺的攤平風衣上——
我翻身，你的胸肋就發燙。大風掀起風衣一角
每波皺褶都連通你的眼睛草坪

我不是從你的眼淚中誕生，是從你
後世的羊水，化了又化，最溫暖也最無痕
你胸口莫名酥癢，搓揉卻掉出碎片：
白薄荷，藍亞麻，小鹿犄角的碎光

那些都是我心靈碎銀
我從溫暖的攤平風衣上站起來去追
一路撿拾兜在圓裙上，所剩無幾了我只能

重新呼喚你，連禱詞般一廂情願……

你以考古學形式出現
從溫泉蛋殼從雛菊的蛋黃蕊
燠蒸蒸浮昇

周身散發古蹟光澤與薄膜
性靈氣味與確眞感
古檜木香氣，可以哭一場的鵝毛筆

浸過古河流，你是發光的泡綿
僅僅凝視就能暖手
指間滴下溫泉水，新世界的四月春暖

好日子用來煮湯藥，曬絨毛熊
重新溫柔，當天人菊的情人

併立淋一場花粉雨，在榛木柔荑授粉時的
黃色煙塵下升起羽扇豆旗幟
喝了湯藥再午眠……

我總是痊癒了又病，你總是
下意識地揉揉胸口，以爲可以把我揉出來

我不是從你的胸肋和淚水中誕生
是從你走過的零蕪地
這一路漫長康復過程，光線下的圃苗，綠吐珠
總是晃眼而過，紅楓轉褐
泥地上的褐葉雨滴像你的瞳色
足以陪我們更久

（你一注視
我就蓬鬆了——）

你是史上最美的考古學
石器時代多雨的遺址
由硃砂痣點成，理性而多情的水經注眉批

在我漫長的康復過程你鑿出空穴
我們承受著陌生信號帶來的陣痛
但能重新掘出埋藏的碎片，顫動的銀箔
用呢喃語言，嬰兒咕噥，深海裡的詩。拼接成
天鵝頸項般的滑膩器皿

一起牽著廢墟去散步。

野薑花詩集33期

十五歲的淚

醒在莎草浪搖的山裡
連膚色都染了半透明的嫩綠
她憶不起過去，只見光影草稿般打過
輪廓極其清淺的未來

分明，陽春晴好，爲什麼她感覺剛走過一條
雪中的樓梯，接近過鏤花的月亮？
使她泫然的是煙嵐
還是萬家燈火

十五歲半，還在發育並學會
抱膝沉思，身著丹寧背心裙
擰得出淺藍色眼淚

包覆她——彷彿回到母腹中浸過的羊水
恍惚間 0.01 秒憶起
那樣的暖好

據說眼淚是忠貞的本質
每想到此，她感覺胸口被綠色雪橇駛過
另一個短髮女生穿越春天的肋骨
逕直走進她左胸口
自此長住

就在那裡晾被單，親臉頰
藉晾衣桿與風的嬉遊捉迷藏，欲拒還迎
花顏起起伏伏

紫色的柴扉紫野花——她的紫
是對掏心藍色

尚未銷磨盡的印象

朝山下望，雪中樓梯已經不見
或許是化了畢竟她們才十五歲……
初戀使她懂得在冷泉上寫金色的句子
且運轉自如，皮膚掐出
嫩水梨，而影子——

一半在大理石色的水中
一半在繃緊的黑絲縷光束
她捧起她的臉……

始終懸掛她臉上的是同一滴清淚
擰自深居簡出的靈魂
將會一一見證世間的
貞與不貞。背對那片搖晃的莎草

夕暮捲起它的薄亞痲布——
高海拔處，逆風
她仰起臉——

鏡週刊 2021.8.29

而我們疲倦得很美

連雨都老了。

從前我們在縫隙中生存
而今找到一方
可以吸納全世界風雨的灰藍色毯子

絕句般的雨，古典而輕，縱使它那麼老
灑在死生疲勞的藍

我們同時在一千處留下深長的一瞥
且蹉跎到趕末班火車

一次次在揮別中疲倦

美如被遺忘的春天——

滄桑是簌簌抖落
滿身的雪片
斗蓬上的點點瑩白像流淚的星星

但眼神是溫暖的
一瞥就能吸引遙遠的燭火

回望，凝思式的逗留掀起
夕暮的薄紗，拂蕩時，風已追乘過飛翔
雨已經織斜了山坡

野花摘下我們之間
雜生的枝節

你搭乘的火車顛簸，暈的卻是
街邊讓貓咪摩蹭的我

而春天褪色中的樣子很美
——我已不冀望重逢
只想透過你模糊的車窗看見那景致

而我們疲倦得很美
像靜擱的翅膀，泛著水光

從容文學35期

我只有一種無技可施的美好

最無能也最美好
例如這片冰涼死在我頰上的星光

我以頭髮擦拭蘆花上的淚點
以一種無用的情感想你
那種無技可施的美，是曾用四百個春天所磨利的刀
如今，鈍得剪不斷一絲
對於舊傳說的倦意

要比喻一個死過又死的故事
只消瞬間的手勢——比尚未展開的書卷更悠長
——還記得那大朵大朵、掠過我們發痛太陽穴的黃昏嗎
比這片掐紅的晚霞更美

黯藍的，像向日葵的影子
死了依然會合唱

春樹製成的木斧
只能用來破開新詞的香氣——你卻老了
這些年我織著一件長版羊毛罩衫
反覆拆卸；即使手操最利的刀刃，只是惘惘地
剪去毛球，寶藍的，像黃昏下
幢幢的行旅

在未來，老無所依的美中
稱之爲低語藍

從容文學32期

LOVE 053

黑夜蜂蜜

作　者—劉曉頤
主　編—李國祥
企　畫—吳美瑤
董事長—趙政岷
出版者—時報文化出版企業股份有限公司
一〇八〇一九臺北市和平西路三段二四〇號三樓
發行專線—（〇二）二三〇六—六八四二
讀者服務專線—〇八〇〇—二三一—七〇五
（〇二）二三〇四—七一〇三
讀者服務傳真—（〇二）二三〇四—六八五八
郵撥—一九三四四七二四時報文化出版公司
信箱—一〇八九九臺北華江橋郵局九九信箱
時報悅讀網—http://www.readingtimes.com.tw
電子郵箱—genre@readingtimes.com.tw
法律顧問—理律法律事務所　陳長文律師、李念祖律師
印　刷—紘億印刷有限公司
初版一刷—二〇二三年十二月十五日
定價—新臺幣三八〇元

時報文化出版公司成立於一九七五年，
並於一九九九年股票上櫃公開發行，於二〇〇八年脫離中時集團非屬旺中，
以「尊重智慧與創意的文化事業」為信念。

黑夜蜂蜜 / 劉曉頤著. -- 初版. -- 臺北市 : 時報文化出版企業股份有限公司, 2023.12

面； 公分. -- (Love ; 053)

ISBN 978-626-374-695-4(平裝)

863.51　　112020300

ISBN 978-626-374-695-4
Printed in Taiwan